# Les Muses de la Nouvelle France

Marc Lescarbot

Edition : Culturea (culurea.fr), 34 Hérault
Contact : infos@culturea.fr
Impression : BOD, Norderstedt (Allemagne)
ISBN : 9791041975273
Date de publication : juillet 2023
Mise en page et maquettage : https://reedsy.com/
Cet ouvrage a été composé avec la police Bauer Bodoni

# LES MUSES DE LA NOUVELLE FRANCE

## AU ROY

### ODE PINDARIQUE

presentée à sa Majesté en
Novembre mil six cens sept.

### STROPH. 1.

EPTUNE, donne moy des vers
Propres à resonner la gloire
Du plus grand Roy que l'Univers
Ait produit de longue memoire.
Et puis que sur tes moites eaux
Tendent leurs ailes noz vaisseaux,
Fay qu'avec eux ore je vole
Cornant son renom jusqu'au pole,
Et que porté d'un trait leger
Sur l'aile de ta large échine,
Je l'annonce au peuple étranger
Qui demeure au fond de la Chine.

### ANTISTROPH.

Muses pourtant pardonnez moy
Si pour cette heure je m'addresse
Ailleurs qu'à vous; & si la loy
De vous invoquer je transgresse.
Je ne boy ici d'Helicon
Les douces eaux, ni ma chanson
Ne ressent les fleurs qu'on amasse
Au sommet du double Parnasse.
Neptune commande en ce lieu,
C'est à lui qu'il faut que je rende
Ores mes voeux, & qu'à ce Dieu
De mon chant le ton je demande.

### EPOD.

Car quoy qu'il soit quelquefois
Forcené d'ire & de rage,
Il ayme bien toute fois
Des chansons le doux ramage.
Et de cela soucieux
A ses Syrenes il donne
Mainte chanson qui resonne
D'un chant fort harmonieux,
Qui par ses douces merveilles
Les peu rusez Nautonniers
Attire par les oreilles,
et les fait ses prisonniers.

STROPH. 2.

Vive donc mon Prince & mon Roy
Par qui respire nôtre France
Sentant souz le joug de sa loy
Les doux effects de sa clemence.
Lui qui parmi tant de hazars
Qui l'ont suivi de toutes parts
A vaincu l'effort de la Fortune,
Laquelle en lui n'a part aucune.
Car sa vertu tant seulement
Du haut des cieux favorisée
A jusques dans le Firmament
Sa Majesté authorisée.

ANTISTROPH.

Le jour qu'en France commença
A luire sa belle lumiere
Le conseil des Dieux s'amassa
Pour sçavoir de quelle maniere
Ilz pourroient honorer celui
Qui devoit estre un jour l'appui
De mainte gent abandonnée
A que du ciel n'est point donnée
La conoissance de son bien
Et de maint peuple & mainte ville
Policée souz le lien

De la societé civile.

EPOD.

Mars lui donna sa valeur,
Hercule donna sa force,
Et Jupiter sa terreur,
Qui la force méme force.
Mais Vulcan lui façonna
De fin acier bien trempée
Une foudroyante epée
Qu'en present il lui donna
Pour en frapper les rebelles,
Et la rogue nation
Qui nous a fait des quereles
Souz feinte religion.

STROPH. 3.

Il n'estoit pas hors le berceau,
Il n'avoit quitté son enfance,
Que son âge plus tendre & beau
S'endurcissoit à la souffrance
Des âpres & dures rigueurs
Des froidures & des chaleurs,
Afin qu'un jour il peust à l'aise
Supporter de Mars le mesaise,
Puis que son destin estoit tel,
Que parmi les chaudes alarmes
Il devoit se rendre immortel,
Par l'effort de ses fieres armes.

ANTISTROPH.

Qui l'a jamais veu sommeiller,
Ou les mains avoir endormies,
Quand il a fallu chamailler
Dessus les troupes ennemies?
Témoins en sont tant de combats
Où il a cent fois du trépas
Loin repoussé la violence,

De sorte que méme la France,
France nourrice des guerriers
Par ses longs travaux fatiguée
Est le sujet de ses lauriers
Pour s'estre contre lui liguée.

EPOD.

Et apres s'estre soumis
La populace mutine,
Il a fait qu'ores Themis
Seurement par tout chemin
Afin qu'une ferme paix
Au moyen de la Justice
En sa maison s'établisse
Qui soit durable à jamais,
Et que toujours souz son aile
Fleurisse la pieté,
Sans qu'oncques elle chancelle
Ni d'un ni d'autre côté.

STROPH. 4.

Grand Roy nous te devons ceci,
Vire mille fois davantage.
Mais il reste encore un souci
Digne de ton vieillissant âge,
Afin que la posterité
Entende que ta pieté
N'estoit dedans ta France enclose.
Il faut, grand Roy, faire une chose,
Il faut ores du Tout-puissant
Porter le nom souz ta banniere
Où son Soleil resplendissant
Chacun jour finit sa carriere.

ANTISTROPH.

Aye doncques compassion
De tant de peuples qui perissent
Sans loix & sans Religion

Et de leur misere gemissent.
Si tu veux, grand Roy, tu les peux
Joindre avec nous en méme voeux,
Et faire de tous une Eglise,
Si ta bonté les favorise.
Mais si ton pouvoir souverain
Ne soutient un si grand affaire,
Mais si tu retires ta main,
Que est-ce qui le pourra faire?

EPOD.

C'est, mon Prince, c'est de toy
Qu'une antique destinée
A prononcé qu'un grand Roy
Seroit apres mainte année
Du vieil tige des François,
Que regiroit en justice
Par une saincte police
Conjointe aux divines loix
Les nations infideles
Qui sont encore en maints lieux,
Et par force les rebelles
Conduiroit dedans les cieux.

LESCARBOT

PRES que nous fumes arrivés au Port Royal en la Nouvelle-France le sieur du Pont de Honfleur, qui estoit parti dés le sezième de Juillet, desesperant qu'aucun navire deut arriver de France, pour ce que la saison desja se passoit, ayant rencontré par un grand heur quelques uns de nos gens (qui à la veuë de la terre du port de Campseau s'estoient mis dans une chalouppe, & venoient jusques audit Port Royal suivans la côte) parmi des iles, il tourna le cap à rebours, & nous vint trouver avec beaucoup de rejouïssance d'une part & d'autre. En fin au bout de trois semaines il nous laissa sa barque & une patache, & se mit avec quelques cinquante homme qu'il avoit, dans nôtre navire qui retournoit en France. Or avant son depart, pour lui dire Adieu je lui fis ces vers ici parmi le tintamarre d'un peuple contus qui marteloit de toutes parts pour faire ses logemens, lesquels vers furent depuis imprimez à la Rochelle.

ADIEU AUX FRANÇOIS
retournans de la Nouvelle-France

en la France Gaulloise.

Du 25 d'Aoust 1606.

LLEZ donques, vogués, ô troupe genereuse
Qui avez surmonté d'une ame courageuse
Et des vents & des flots les horribles fureurs
Et de maintes saisons les cruelles rigueurs,
Pour conserver ici de la Françoise gloire
Parmi tant de hazars l'honorable memoire.
Allez doncques, vogués, puissiez vous outre mer
Un chacun bien-tot voir son Ithaque fumer:
Et puissions nous encore au retour de l'année
La méme troupe voir par deça retournée.

Fatiguez de travaux vous nous laissés ici
Ayans également l'un de l'autre souci,
Vous, que nous ne soyons saisis de maladies
Qui facent à Pluton offrandes de noz vies:
Nous, qu'un contraire flot, ou un secret rocher
Ne vienne vôtre nef à l'impourveu toucher.
Mais un point entre nous met de la difference,
C'est que vous allez voir les beautez de la France,
Un royaume enrichi depuis les siecles vieux
De tout ce que le monde a de plus precieux:
Et nous comme perdus parmi la gent Sauvage
Demeurons étonnez sur ce marin rivage,
Privez du doux plaisir & du contentement
Que là vous recevrez dés votre avenement.

Que di-je, je me trompe, en ce lieu solitaire,
L'homme juste a dequoy à soy-méme complaire,
Et admirer de Dieu la haute Majesté,
S'il en veut contempler l'agreable beauté
Car qu'on aille rodant toute la terre ronde,
Et qu'on furette tous les cachotz du monde,
On ne trouvera rien si beau, ne si parfait
Que l'aspect de ce lieu ne passe d'un long trait.
Y desirez-vous voir une large campagne?
La mer de toutes parts ses moites rives baigne.
Y desirez-vous voir des coteaux alentour?

C'est ce qui de ce lieu rent plus beau le sejour.
Y voulez-vous avoir le plaisir de la chasse?
Un monde de forêts de toutes parts l'embrasse.
Voulez-vous des oiseaux avoir la venaison?
Par bendes ils y sont chacun en sa saison.
Cherchez-vous changement en votre nourriture?
La mer abondamment vous fournit de pâture.
Aymez-vous des ruisseaux le doux gazouillement
Les côtaux enlassés en versent largement.
Cherchez-vous le plaisir des verdoyantes iles?
Ce Port en contient deux capables de deux villes.
Aymez-vous d'un Echo la babillarde voix?
Ici peut un Echo répondre trente-fois.
Car lors que du Canon le tonnerre y bourdonne
Trente-fois alentour le méme coup resonne,
Et semble au tremblement que Megere à l'envers
Soit préte d'écrouler tout ce grand Univers.
Aymez-vous voir le cours des rivieres profondes?
Trois rendent à ce lieu le tribut de leurs ondes,
Dont l'Equille ayant eu plus de terre en son lot,
Elle se porte aussi d'un orgueilleux flot,
Et préques assourdit de son bruiant orage
Non le Stadisien, mais ce peuple Sauvage.
Bref, contre l'ennemi voulez-vous estre fort?
Ce lieu rien que du Ciel ne redoute l'effort.
Car de deux boulevers Nature a son entrée
Si dextrement muni, que toute la contrée
Peut à l'abri d'iceux reposer seurement,
Et en toute saison vivre joyeusement.

Le blé te manque encore, & le fruit de la vigne
Pour faire son renom par l'univers insigne.
Mais si le Tout-poussant benit nôtre labeur
En bref tu sentiras la celeste faveur
En ton sein decouler ainsi qu'une rousée
Qui tombe doucement sur la terre embrasée
Au milieu de l'eté. Que si on n'a encore
De tes veines tiré la riche mine d'or,
L'argent, l'airain, le fer que tes forêts épesses
Gardent comme en depos sont de belles richesses
Pour le commencement, & peut estre qu'un jour

Sera la mine d'or découverte à son tour.
Mais c'est ores assez que tu nous puisse rendre
Et du blé & du vin, pour apres entreprendre
Un vol plus elevé (car le bord de tes eaux
Peut fournir de pature à mille grans troupeaux)
Et de villes batir, des maisons, & bourgades,
Qui servent de retraite aux Françoises peuplades,
Et pour changer les moeurs de cette nation
Qui vit sans Dieu, sans loy, & sans religion.

O trois-fois Tout-puissant, ô grand Dieu que j'adore
Ores que ton Soleil envoye son Aurore
Sur cette terre ici, ne vueille plus tarder,
Vueilles d'un oeil piteux ce peuple regarder,
Qui languit attendant ta parfaite lumiere
Trop prolongeant, helas! sa divine carriere.

DU PONT dont la vertu vole jusques aux cieux
Pour avoir sceu domter d'un coeur audacieux
En ces difficultés mille maux, mille peines,
Qui pouvoient souz le faix accraventer tes veines,
Ayant esté ici laissé pour conducteur
A ceux-là qui poussez d'une pareille ardeur
Ont aussi soutenu en la Nouvelle-France
De leur propre maison la dure & longue absence;
Si-tot que tu verras la face de ton Roy
Di lui que ses ayeuls pour la Chrétienne loy
Ont jadis triomphé dedans la Palestine,
Et courageusement de la gent Sarazine
Repoussé la fureur és Memphitiques bors,
Et pour la méme cause ont exposé leurs corps
Au gré des vents, des flots, d'une maratre terre,
Et au guerrier hazard du sanglant cimeterre:
Qu'ici à peu de frais, sans qu'un robuste bras
Rougisse au sang humain le meurtrier coutelas,
Il se peut acquerir une gloire semblable.
Laquelle à sa grandeur sera plus proufitable.

Allez doncques, vogués, ô genereux François,
Cependant que plus loin vers les Armouchiquois
Les voiles nes tendons, pour outre Mallebarre

Rechercher quelque Port qui nous serve de barre
Soit pour nous opposer à un fort ennemi,
Ou pour y recevoir seurement nôtre ami,
Et la méme éprouver si la Nouvelle-France
A noz travaux rendra selon notre esperance.

Neptune, si jamais tu as favorisé
Ceux qui dessus tes eaux leurs vies ont usé;
Vray Neptune, fay nous chacun où il desire
A bon port arriver, afin que ton Empire
Soit par-deça connu en maintes regions,
Et bien-tot frequenté de toutes nations.

# LE THEATRE
# DE NEPTUNE EN LA
# NOUVELLE-FRANCE

Representé sur les flots du Port Royal le quatorzieme de Novembre mille six cens six, au retour du Sieur de Poutrincourt du païs des Armouchiquois.

Neptune commence revetu d'un voile de couleur bleuë, & de brodequins, ayant la chevelure & la barbe longues & chenuës, tenant son Trident en main, assis sur son chariot paré de ses couleurs: ledit chariot trainé sur les ondes par six Tritons jusques à l'abord de la chaloupe où s'estoit mis ledit Sieur de Poutrincourt & ses gens sortant de la barque pour venir à terre. Lors la dite chaloupe accrochée, Neptune commence ainsi.

NEPTUNE.

RRETE, Sagamos, arrete toy ici,
Et regardes un Dieu qui a de toy souci.
Si tu ne me connois, Saturne fut mon pere
Je suis de Jupiter & de Pluton le frere
Entre nous trois jadis fut parti l'univers,
Jupiter eut le ciel, Pluton eut les Enfers,
Et moy plus hazardeux eu la mer en partage,
Et le gouvernement de ce moite heritage.
NEPTUNE c'est mon nom, Neptune l'un des Dieux
Qui a plus de pouvoir souz la voute des cieux.

Si l'homme veut avoir une heureuse fortune
Il lui faut implorer le secours de Neptune
Car celui qui chez soy demeure cazanier
Merite seulement le nom de cuisinier.

Je fay que le Flameng en peu de temps chemine
Aussi-tot que le vent jusque dedans la Chine.
Je say que l'homme peut, porté dessus mes eaux,
D'un autre pole voir les inconnuz flambeaux,
Et les bornes franchir de la Zone torride,
Où bouillonnent les flots de l'element liquide.
Sans moy le Roy François d'un superbe elephant
N'eust du Persan receu le present triumphant:

Et encores sans moy onc les François gendarmes
Es terres du Levant n'eussent planté leurs armes.
Sans moy le Portugais hazardeux sur mes flots
Sans renom croupiroit dans ses rives enclos,
Et n'auroit enlevé les beautez de l'Aurore
Que le monde insensé folatrement adore.
Bref sans moly le marchant, pilote, marinier
Seroit en sa maison comme dans un panier
Sans à-peine pouvoir sortir de sa province.
Un Prince ne pourroit secourir l'autre Prince
Que j'auroy separé de mes profondes eaux.
Et toy même sans moy apres tant d'actes beaux
Que tu as exploités en la Françoise guerre,
N'eusses eu le plaisir d'aborder cette terre.
C'est moy qui sur mon dos ay tes vaisseaux porté
Quand de me visiter tu as eu volonté
Et nagueres encor c'est moy que de la Parque
Ay cent fois garenti toy, les tiens& ta barque.
Ainsi je veux toujours seconder tes desseins,
Ainsi je ne veux point que tes effortz soient vains,
Puis que si constamment tu as eu le courage,
De venir si loin rechercher ce rivage,
Pour établir ici un Royaume François,
Et y faire garder mes statuts & mes loix.

Par mon sacré Trident, par mon sceptre je jure
Que de favoriser ton projet j'auray cure,
Et oncques je n'auray en moy-méme repos
Qu'en tout cet environ je ne voye mes flots
Ahanner souz le faix de dix milles navires.
Que facent d'un clin d'oeil tout ce que tu desires.

Va donc heureusement, & poursui ton chemin
Où le sort te conduit: car je voy le destin
Preparer à la France un florissant Empire
En ce monde nouveau, qui bien loin fera bruire
Le renom immortel de De Monts & de toy
Souz le regne puissant de HENRY vôtre Roy.

Neptune ayant achevé, une trompete commence à éclater hautement & encourager les Tritons à faire de méme. Ce pendant le sieur de Poutrincourt tenoit son epée en main, laquelle il ne remit point au fourreau jusques à ce que les Tritons eurent prononcé comme s'ensuit.

PREMIER TRITON.

Tu peux (grand Sagamos) tu peux te dire heureux
Puis qu'un Dieu te promet favorable assistance
En l'affaire important que d'un coeur vigoureux
Hardi tu entreprens, forçant la violence
D'Æole, qui toujours inconstant & leger,
Tantot adesquidés (ami), tantot poussé d'envie,
Veut te precipiter, & les tiens au danger.

Neptune est un grand Dieu, qui cette jalousie
Fera comme fumee en l'air évanouïr:
Et nous ses postillons, malgré l'effort d'Æole,
Ferons toutes parts de ton courage ouïr
Le renom, qui des-ja en toutes terres vole.

DEUXIEME TRITON.

Si Jupiter est Roy és cieux
Pour gouverner ça bas les hommes,
Neptune aussi l'est en ces lieux
Pour méme effect; & nous qui sommes,
Ses suppos, avons grand desir
De voir le temps & la journée
Qu'ayes de tes travaux plaisir
Apres ta course terminée,
Afin qu'en ces côtes ici
Bien-tot retentisse la gloire
Du puissant Neptune: & qu'ainsi
Tu eternises ta memoire.

TROISIEME TRITON.

France, tu as occasion
De louer la devotion
De tes enfans dont le courage
Se montre plus grand en cet age
Qu'il ne fit onc és siecles vieux,

Estans ardemment curieux
De faire éclater tes louanges
Jusques aux peuples plus étranges,
Et graver ton los immortel
Méme souz ce monde mortel.

Ayde doncques & favorise
Une si louable entreprise,
Neptune s'offre à ton secours
Qui les tiens maintiendra toujours
Contre toute l'humaine force,
Si quelqu'un contre toy s'efforce.
Il ne faut jamais rejetter
Le bien qu'un Dieu nous veut preter.

QUATRIEME TRITON.

Celui qui point ne se hazarde
Montre qu'il a l'ame coüarde
Mais celui qui d'un brave coeur
Meprise des flots la fureur
Pour un sujet rempli de gloire
Fait à chacun aisément croire
Que de courage & de vertu,
Il est tout ceint & revetu,
Et qu'il ne veut que le silence
Tienne son nom en oubliance.

Ainsi ton nom (grand Sagamos)
Retentira dessus les flots
D'or-en-vant, quand dessus l'onde
Tu decouvres ce nouveau monde,
Et y plantes le nom François,
Et la Majesté de tes Rois.

CINQUIEME TRITON.

Un Gascon prononça ces vers à peu prés en sa langue.

Sabets aquo que volio diro,
Aqueste Neptune bieillart

L'autre jou faisio des bragart,
Et comme un bergalant se miro.

N'agaires que faisio l'amou,
Et baisavo une jeune hillo
Qu'ero plan polide & gentillo,
Et la cerquavo quadejou.

Bezets, ne vous fizets pas trop
En aquels gens de barbos grisos,
Car en aqueles entreprisos
Els ban lou trot & lou galop.

SIXIEME TRITON.

Vive HENRY le grand Roy des François
Qui maintenant fait vivre souz ses loix
Les nations de sa Nouvelle-France,
Et souz lequel nous avons esperance
De voir bien-tot Neptune reveré
Autant ici qu'onq' il fut honoré
Par ses sujets sur le Gaullois rivage,
Et en tus lieux où le brave courage
De leur ayeuls jadis les a porté.
Neptune aussi fera de son côté
Que leurs neveux s'employans sans feintise
A l'ornement de leur belle entreprise
Tous leurs desseins il favorisera,
Et prosperer sur ses eaux il fera.

Cela fait, Neptune s'équarte un petit pour faire place à un canot, dans lequel estoient quatre Sauvages, qui s'approcherent apportans chacun un present audit sieur de Poutrincourt.

PREMIER SAUVAGE.

Le premier Sauvage offre un quartier d'Ellan ou Orignac, disant ainsi:

De la part des peuples sauvages
Qui environnent ces païs
Nous venons rendre les homages

Duez aux sacrées Fleur-de-lis
Es mains de toy, qui de ton Prince
Representes la Majesté,
Attendans que cette province
Faces florir en pieté,
En moeurs civils, & toute chose
Qui sert à l'établissement
De ce qui est beau, & repose
En un Royal gouvernement,
Sagamos, si en nos services
Tu as quelque devotion,
A toy en faisons sacrifices
Et à ta generation.

Noz moyens sont un peu de chasse
Que d'un coeur entier nous t'offrons,
Et vivre toujours en ta grace
C'est tout ce que nous desirons.

DEUXIEME SAUVAGE.

Le deuxiesme Sauvage tenant son arc & sa fleche en main, donne pour son present des peaux de Castors, disant:

Voici la main, l'arc, & la fleche
Qui ont fait la mortele breche
En l'animal de qui la peau
Pourra servir d'un bon manteau
(Grand Sagamos) à ta hautesse.

Reçoy donc de ma petitesse
Cette offrande qu'à ta grandeur
J'offre du meilleur de mon coeur.

TROISIEME SAUVAGE.

Le troisieme Sauvage offre des Matachiaz, c'est à dire, echarpes, & brasselets faits de la main de sa maitresse, disant:

Ce n'est seulement en France
Que commande Cupidon

Mais en la Nouvelle-France,
Comme entre vous, son brandon
S'allume; & de ses flammes
Il rotit noz pauvres ames,
Et fait planter le bourdon.

Ma maitresse ayant nouvelle
Que tu devois arriver,
M'a dit que pour l'amour d'elle
J'eusse à te venir trouver,
Et qu'offrande je te fisse
De ce petit exercice
Que sa main à sceu ouvrer.

Reçoy doncques d'allegresse
Ce present que je t'adresse
Tout rempli de gentillesse
Pour l'amour de ma maitresse
Qui est ores en detresse
Et n'aura point de liesse
Si d'une prompte vitesse
Je ne lui di la caresse
Que m'aura fait ta hautesse.

QUATRIEME SAUVAGE

Le quatrième Sauvage n'ayant heureusement chassé par les bois, se presente avec un harpon en main, & apres ses excuses faites, dit qui s'en va à la pèche.

SAGAMOS, pardonne moy
Si je viens en telle sorte,
Si me presentant à toy
Quelque present je n'apporte.
Fortune n'est pas toujours
Aux bons chasseurs favorables,
C'est pourquoy ayant recours
A un maitre plus traitable,
Apres avoir maintefois
Invoqué cette Fortune
Brossant par l'epée des bois,
Je m'en vay suivre Neptune,

Que Diane en ses foréts
Ceux qu'elle voudra caresse,
Je n'ay que trop de regrets
D'avoir perdu ma jeunesse
A la suivre par les vaux,
Avecque mille travaux,
Souz des esperances vaines.

Maintenant je m'en vay voir
Par cette côte marine
Si je pourray point avoir
Dequoy fournir ta cuisine:
Et cependant si tu as
Quelque part en ta chaloupe
Un peu de caradonas, (pain)
Fournis-en moy & ma troupe.

Apres que Neptune eut esté remercié par le sieur de Poutrincourt de ses offres au bien de la France, les Sauvages le furent semblablement de leur bonne volonté & devotion, & invitez de venir au fort Royal prendre du caracona. A l'instant la troupe de Neptune chante en Musique à quatre parties ce qui s'ensuit.

Vray Neptune donne nous
Contre tes flots asseurance,
Et fay que nous puissions tous
Un jour nous revoir en France.

La musique achevée, la trompete sonne derechef, & chacun prent sa route diversement: les Canons bourdonnent de toutes parts, & semble à ce tonnerre que Proserpine soit en travail d'enfant: ceci causé par la multiplicité des Echoz que les côtaux s'envoient les uns aux autres, lesquels durent plus d'un quart d'heure.

Le sieur de Poutrincourt arrivé prés du Fort Royal, un compagnon de gaillarde humeur qui l'attendoit de pié ferme, dit ce qui s'ensuit:

Apres avoir long temps (Sagamos) desiré
Ton retour en ce lieu, en fin le ciel iré
A eu pitié de nous, & nous montrant ta face,
Il nous a fait paroitre une incroyable grace.

Sus doncques, rotisseurs, depensiers, cuisiniers,
Marmitons, patissiers, fricasseurs, taverniers,
Mettez dessus dessouz pots & plats & cuisine,
Qu'on baille à ces gens ci chacun sa quarte pleine,
Je les voy alterez sicut terra sine aqua.
Garson depeche toy, baille à chacun son K.
Cuisiniers, ces canars sont ils point à la broche?
Qu'on tuë ces poulets, que cette oye on embroche,
Voici venir à nous force bons compagnons
Autant deliberez des dents que des roignons.
Entrez dedans Messieurs, pour votre bien-venuë,
Qu'avant boire chacun hautement éternuë,
A fin de decharger toutes froides humeurs
Et remplir voz cerveaux de plus douces vapeurs.

Je prie le Lecteur excuser si ces rhimes ne sont si bien limées que les homme delicats pourroient desirer. Elles ont esté faites à la hate. Mais neantmoins je les ay voulu inserer ici, tant pour ce que'elles servent à nôtre Histoire, que pour montrer que nous vivions joyeusement. Le surplus de cette action se peut voir à la fin du chap. 16, liv. 4 de mon Histoire de la Nouvelle France.

## A-DIEU
## A LA NOUVELLE-FRANCE
## Du 30 Juillet 1607.

AUT-il abandonner les beautez de ce lieu,
Et dire au Port Royal un eternel Adieu?
Serons-nous donc toujours accusez d'inconstance
En l'établissement d'une Nouvelle-France?
Que nous sert-il d'avoir porté tant de travaux,
Et des flots irritez combattu les assaux,
Si notre espoir est vain, & si cette province
Ne flechit souz les loix de HENRY notre Prince?
Que vous servit-il d'avoir jusques ici
Fait des frais inutils, si vous n'avez souci
de recuillir le fruit d'une longue depense,
Et l'honneur immortel de votre patience?
Ha que j'ay de regrets que ne sçavez pas
De cette terre ici les attrayans appas.
Et bien que le Flamen vous ait fait une injure,
L'injure bien souvent se rend avec usure.
Il faut doncques partir, il faut appareiller,
Et au port Sainct-Malo aller l'ancre mouiller.

PERE DE L'UNIVERS, qui commandes aux ondes,
Et qui peux assecher les mers les plus profondes,
Donne nous de franchir les abymes des eaux
Dont tu as separé tous ces peuples nouveaux
Des peuples baptizés, & sans aucun naufrage
Du royaume François voir bien-tot le rivage.

Adieu donc beaux coteaux & montagnes aussi,
Qui d'un double rempar ceignez ce Port ici.
Adieu vallons herbus que le flot de Neptune
Va baignant largement deux fois à chaque lune,
Et au gibier aussi, qui pour trouver pâture
Y vient de tous cotez tant qu'il y a verdure.
Adieu mon doux plaisir fonteines & ruisseaux,
Qui les vaux & les monts arrousez de vos eaux.
Pourray-je t'oublier belle ile forètiere
Riche honneur de ce lieu & de cette riviere?

Je prise de ta soeur les aimables beautés,
Mais je prise encor plus tes singularités.
Car comme il est séant que celui qui commande
Porte une Majesté plus auguste & plus grande
Que son inferieur; ainsi pour commander
Tu as le front haussé qui te fait regarder.
A l'environ de toy une ondoyante plaine,
Et la terre alentour sujette à ton domaine
Tes rives sont des rocs, soit pour tes batimens,
Soit pour d'une cité jetter les fondemens.
Ce sont en autres parts une menuë arene,
Où mille fois le jour mon esprit se pourmene.
Mais parmi tes beautés j'admire un ruisselet
Qui foule doucement l'herbage nouvelet
D'un vallon que se baisse au creux de ta poitrine,
Precipitant son cours dedans l'onde marine.
Ruisselet qui cent fois de ses eaux m'a tenté,
Sa grace me forçant lui prèter le côté.
Ayant dont tout cela, Ile haute & profonde,
Ile digne sejour du plus grand Roy du monde,
Ayant di-je, cela, qu'est-ce que te defaut.
A former pardeça la cité qu'il nous faut,
Sinon d'avoir prés soy un chacun sa mignone
En la sorte que Dieu & l'Eglise l'ordonne?
Car ton terroir est bon & fertile & plaisant,
Et oncques son culteur n'en sera deplaisant.
Nous en pouvons parler, qui de mainte semence
Y jettée, en avons certaine experience.
Que puis-je dire encor digne de ton beau los?
Qu'adjouteray-je ici que dedans ton enclos
Se trouvent largement produits par la Nature
Framboises, fraises, pois, sans aucune culture?
Ou bien diray-je encor tes verdoyans lauriers,
Tes Simples inconus, tes rouges grozeliers?
Non, mais tant seulement sans sortir tes limites,
Ici je toucheray les nombreux exercices
Des peuples écaillez qui viennent chaque jour,
Suivans le train du flot te donner le bon-jour.

Si-tot que du Printemps la saison renouvelle
L'Eplan vient à foison, qui t'apporte nouvelle

Que Phoebus elevé dessus ton horizon
A chassé loin de toy l'hivernale saison.
Le Haren vient apres avecque telle presse
Que seul il peut remplir un peuple de richesse.
Mes yeux en sont témoins, & les vostres aussi
Qui de nôtre pature avés eu le souci,
Quand, ailleurs occupez, vôtre main diligente
Ne pouvoit satisfaire à la chasse plaisante
Qu'envoyoit en voz rets l'ecluse d'un moulin.
Le Bar suit par-apres du Haren le chemin.
Et en un méme temps la petite Sardine,
La Crappe, & le Houmar, suit la côte marine
Pour un semblable effect; le Dauphin, l'Eturgeon
Y vient parmi la foule avecque le Saumon,
Comme font le Turbot, le Pounamou, l'Anguille,
L'Alose, le Fletan, & la Loche, & l'Equille:
Equille qui, petite, as imposé le nom
A ce fleuve de qui je chante le renom.
Mais ce n'est ici tout, car tu as davantage
De peuples qui te font par chacun jour homage,
Le Colin, le Joubar, l'Encornet, le Crapau,
Le Marsoin, le Souffleur, l'Oursin le Macreau,
Tu as le Loup-marin, qui en troupe nombreuse
Se vautre au clair du jour sur ta vase bourbeuse,
Tu as le Chien, la Plie, & mille autres poissons
Que je ne conoy point, de tes eaux nourrisons.
Tairay-je la Moruë heureusement feconde,
Qui par tout cette mer en toutes parts abonde?
Moruë si tu n'es de ces mets delicats
Dont les hommes frians assaisonnent leurs plats,
Je diray toutefois que de toy se sustente
Prèque tout l'Univers. O que sera contente
Celle personne un jour, qui à sa porte aura
Ce qu'un monde eloigné d'elle recherchera!
Belle ile tu as donc à foison cette manne,
Laquelle j'ayme mieux que de la Taprobane
Les beautez que lon feint dignes des bien-heureux
Qui vont buvans des Dieux le Nectar savoureux.
Et pour montrer encor ta puissance supreme,
La Baleine t'honore & te vient elle-méme
Saluer chacun jour, puis l'ebe la conduit

Dans le vague Ocean où elle a son deduit.
De ceci je rendray fidele temoignage,
L'ayant veu mainte fois voisiner ce rivage,
Et à l'aise nouer parmi ce port ici.

Mais tous ces animaux, mais tous ces peuples ci
S'écartent quand Phoebus veut approcher la borne
Du celeste manoir, où git le Capricorne,
Et vont chercher l'abri du profond de Thetys,
Ou d'un terroir plus doux vont souvans le pâtis.
Seulement pres de toy en cette saison dure
La Palourde, la Coque, & la Moule demeure
Pour sustenter celui qui n'aura de saison
(Ou pauvre, ou paresseux) fait aucune moisson,
Tel que ce peuple ici qui n'a cure de chasse
Jusqu'à ce que la faim le contraigne& pourchasse,
Et le temps n'est toujours favorable au chasseur.
Qui ne souhaite point d'un beau temps la douceur,
Mais une forte glace, ou des neges profondes,
Quand le Sauvage veut tirer du fond des ondes
L'industrieux Castor (qui sa maison batit
Sur la rive d'un lac, où il dresse son lict
Vouté d'une façon aux hommes incroyable,
Et plus que noz palais mille fois admirable,
Y laissant vers le lac un conduit seulement
Pour s'aller égayer souz l'humide element)
Ou quand il veut quéter parmi les bois le gite
Soit du Royal Ellan, soit du Cerf au pié vite,
Du Lapin, du Renart, du Caribou, de l'Ours,
De l'Ecureu, du loutre à peau-de-velours
Du Porc-epic du Chat qu'on appelle sauvage,
(Mais qui du Leopart ha plustot le corpsage)
De la Martre au doux poil dont se vétent les Rois,
Ou du Rat porte-muse, tous hôtes de ces bois,
Ou de cet animal qui tout chargé de graisse
De hautement grimper ha la subtile addresse,
Sur un arbre elevé sa loge batissant
Pour decevoir celui qui le va pourchassant,
Et vit par cette ruse en meilleure asseurance
Ne craignant (ce lui semble) aucune violence,
Nibachés est son nom. Non que sur le printemps

Il n'ait à cette chasse aussi son passe-temps.
Mais alors du poisson la peche est plus certaine.

Adieu donc je te dis, ile de beauté pleine,
Et vous oiseaux aussi des eaux & des forêts
Qui serez les témoins de mes tristes regrets.
Car c'est à grand regret, & je ne le puis taire,
Que je quitte ce lieu, quoy qu'assez solitaire.
Car c'est à grand regret qu'ores ici je voy
Ebranlé le sujet d'y entrer nôtre Foy,
Et du grand Dieu le nom caché souz le silence,
Qui à ce peuple avoit touché la conscience.

Aigles qui des hauts pins habitez les sommets,
Puis qu'à vous Jupiter a commis ses secrets,
Allez dedans les cieux annoncer cette chose,
Et combien de douleur j'en ay en l'ame enclose,
Puis revenez soudain au Monarque François
Lui dire le decret du puissant Roy des Roys.
Car à lui est du ciel donné cet heritage,
Afin que souz son nom ci-aprés en tout âge
L'Eternel soit ici sainctement adoré,
Et de cent nations son grand nom reveré:
Et pour mieux l'emouvoir à cette chose faire,
Par cent sortes de biens il l'a voulu attraire,
Ayant à noz labeurs fait selon noz désirs,
Et iceux terminé de dix mille plaisirs.
Car la terre ici n'est telle qu'un fol l'estime,
Elle y est plantureuse à cil qui sçait l'escrime
Du plaisant jardinage & du labeur des champs.

Et si tu veux encor des oiseaux les doux chants,
Elle a le Rossignol, le Merle, la Linote,
Et maint autre inconu, qui plaisamment gringote
En la jeune saison. Si tu veux des oiseaux
Qui se vont repaissans sur les rives des eaux,
Elle a le Cormorant, la Mauve, Ma Mouette,
L'Outarde, le Heron, la Gruë, l'Alouette,
Et l'Oye, et le Canart. Canart de six façons,
Dont autant de couleurs sont autant d'hameçons
Qui ravissent mes yeux. Desires-tu encore

De ces oiseaux chasseurs dont le Noble s'honore?
Elle a l'Aigle, le Duc, le Faucon, le Vautour,
Le Sacre, l'Epervier, l'Emerillon, l'Autour,
Et bref tous les oiseaux de haute volerie
Et outre iceux encore une bende infinie
Qui ne nous sont communs. Mais elle a le Courlis
L'Aigrette, le Coucou, la Becasse & Mauvis,
La Palombe, le Geay, le Hibou, l'Hirondelle,
Le Ramier, la Verdier, avec la Tourterelle,
Le Beche-bois huppé, le lascif Passereau,
La perdris bigarrée, & aussi le Corbeau.

Que diray-je plus? Quelqu'un pourra-il croire
Que Dieu méme ait voulu manifester sa gloire
Creant un oiselet semblable au papillon
(Du moins n'excede point la grosseur d'un grillon)
Portant dessus son dos un vert-doré plumage,
Et un teint rouge-blanc au surplus du corps-sage?
Admirable oiselet, pourquoy donc, envieux,
T'es-tu cent fois rendu invisible à mes ieux,
Lors que legerement me passant à l'aureille
Tu laissois seulement d'un doux bruit la merveille?
Je n'eusse esté cruel à ta rare beauté,
Comme d'autres qui t'ont mortellement traité,
Si tu eusses à moy daigné te venir rendre.
Mais quoy tu n'as voulu à mon desir entendre.
Je ne lairray pourtant de celebrer ton nom,
Et faire qu'entre nous tu sois de grand renom.
Car je t'admire autant en cette petitesse
Que je fay l'Elephant en sa vaste hautesse.
Niridau c'est ton nom que je ne veux changer
Pour t'en imposer un qui seroit étranger.
Niridau oiselet delicat de nature,
Qui de l'abeille prent la tendre nourriture
Pillant de noz jardins les odorantes fleurs,
Et des rives des bois les plus rares douceurs.

A ces hotes de l'air pourray-je sans offense
D'un petit peuple ailé adjouter l'excellence?
Ce sont mouches, de qui sur le point de la nuit
La brillante clarté parmi les bois reluit

Voletans ça & là d'une presse si grande,
Que du ciel etoilé la lumineuse bende
Semble n'avoir en soy plus d'admiration.
Faisant doncques ici commemoration
Des beautez de ce lieu, il est bien raisonnable
Que vous y teniez rang & place convenable.

Mais puis que ja desja noz voiles sont tendus,
Et allons revoir ceux qui nous cuident perdus,
Je dis encore Adieu à vous beaux jardinages,
Qui nous avez cet an repeu de vos herbages,
Voire aussi soulagé nôtre necessité
Plus que l'art de Pæon n'a fait nôtre santé.
Vous nous avez rendu certes en abondance
Le fruit de noz labeurs selon notre semence.
Hé que sera-ce donc s'il arrive jamais
(Ce qu'il est de besoin qu'on face desormais)
Que la terre ici soit un petit mignardée,
Et par humain travail quelquefois amendée?
Qui croira que le segle,& la chanve, & le pois,
Le chef d'un jeune gars ait surpassé deux fois?
Qui croira que le blé que l'on appelle d'Inde
En cette saison-ci si hautement se guinde
Qu'il semble estre porté d'insupportable orgueil
Pour se rendre, hautain, aux arbrisseaux pareil?
Ha que ce m'est grand deuil de ne pouvoir attendre
Le fruit qu'en peu de temps vous promettiez nous rendre!
Que ce m'est grand émoy de ne voir la saison
Quand ici meuriront la Courge, le Melon,
Et le Cocombre aussi: & suis en méme peine
De ne voir point meuri mon Froment, mon Aveine
Et mon Orge & mon Mil, pois que le Souverain
En ce petit travail m'a beni de sa main.
Et toutefois voici de ce mois le trentieme,
Mois qui jadis estoit en ordre le cinquième

Peuples de toutes parts qui estes loin d'ici
Ne vous emerveillez de cette chose ci,
Et ne nous tenez point comme en region froide,
Ce n'est point ici Flandre, Ecosse, ni Suede,
La mer ici ne gele, & les froides saisons

Ne m'ont oncques forcé d'y garder les tisons.
Et si chez vous l'eté plustot qu'ici commence,
Plustot vous ressentez de l'hiver l'inclemence.
Mais tu restes encor, Poutrincourt attendant
Que ta moisson soit préte: & nous nous cependant
Faisons voile à Campseau où t'attent le navire
Que de là doit tous en la France conduire.
Cependant beaux epics meurissez vitement,
Dieu le Dieu tout-puissant vous doint accroissement,
Afin qu'un jour ici retentisse sa gloire
Lors que de ses bien-faits nous ferons la memoire.
Entre lesquelz bien-faits nous conterons aussi
Le soin qu'il aura eu de prendre à sa merci
Ces peuples vagabons qu'on appelle Sauvages
Hotes de ces forèts & des marins rivages,
Et cent peuples encor qui sont de tous côtez
Au Su, à l'Oest au Nort de pié-ferme arretez
Qui aiment le travail, qui la terre cultivent,
Et libres, de ses fruits plus contens que nous vivent,
Mais en ce deplorable est leur condition,
Que du siecle futur ilz n'ont l'instruction.

Pourquoy, ô Tout-puissant, pourquoy donc cette race
As-tu jusques ici rejetté de ta face,
Et pourquoy laisses tu devorer à l'enfer,
Tant d'humains qui devroient dessus lui triompher
Veu qu'ilz sont comme nous ton oeuvre & ta facture,
Et ont de toy receu nôtre fraile nature?
Ouvre donc les thresors de tes compassions,
Et verse dessus eux tes benedictions,
Afin qu'ilz soient bien-tot ton sacré heritage,
Et chantent hautement tes bontés en tout âge.
Si-tot que ton Soleil sur eux éclairera,
Aussi-tot cet gent d'adorer on verra.
Temoins soient de ceci les propos veritables
Que Poutrincourt tenoit avec ces miserables
Quand il leur enseignoit notre Religion,
Et souvent leur montroit l'ardente affection
Qu'il avoit de les voir dedans la bergerie
Que Christ a racheté par le pris de sa vie.
Eux d'autre part emeus clairement temoignoient

Et de bouche & de coeur le desir qu'ilz avoient
D'estre plus amplement instruits en la doctrine
En laquelle il convient qu'un fidele chemine.

Où estes vous Prelats, que vous n'avez pitié
De ce peuple qui fait du monde la moitié?
Du moins que n'aidez-vous à ceux de qui le zele
Les transporte si loin comme dessus son aile
Pour établir ici de Dieu la saincte loy
Avecque tant de peine, & de soin & d'émoy
Ce peuple n'est brutal, barbare ni sauvage,
Si vous n'appellez tels les hommes du vieil âge,
Il est subtile, habile, & plein de jugement,
Et n'en ay conu un manquer d'entendement,
Seulement il demande un pere qui l'enseigne
A cultiver la terre, à façonner la vigne,
A vivre par police, à estre menager,
Et souz des fermes toicts ci-apres heberger.
Au reste à nôtre égare il est plein d'innocence
Si de son createur il avoit la science.
Que s'il ne le conoit, sa bouche ni son coeur
Ne ravit point à Dieu par blaspheme l'honneur.
Il ne sçait le metier de l'amoureux bruvage,
De l'aconite aussi il ne sçait point l'usage,
Sa bouche ne vomit nos imprecations,
Son esprit ne s'adonne à nos inventions
Pour opprimer autrui, l'avarice cruelle
D'un souci devorant son ame ne bourrelle
Mais il a du Gaullois cette hospitalité
Qui tant l'a fait priser en son antiquité.
Son vice le plus grand est qu'il aime vengeance
Lors que son ennemi lui a fait quelque offense.

Je vous di donc Adieu, pauvre peuple, & ne puis
Exprimer la douleur en laquelle je suis
De vous laisser ainsi sans voir qu'on ait encore
Fait que quelqu'un de vous son Dieu vrayment adore

Sortons donc de ce Port à la faveur de l'Est,
Car en ces côtes ci est ordinaire l'Ouest,
Puis, souvent cette mer est de brumes couverte

Qui des hommes peu cauts cause l'extreme perte.

Adieu pour un dernier Rochers haut elevés,
Qui orgueilleusement voz grottes soulevés,
D'où distillent sans fin des pluies abondantes
Que leur versent les eaux des montagnes coulantes.
Adieu doncques aussi Grottes qui m'avez pleu
Quand souz votre lambris au clair du jour j'ay veu
Figurées d'Iris les couleurs agreables.

Ores que nous voyons les flots épouvantables
Du profond Ocean, pourray-je bien passer
Sans saluer de loin, ou quelque Adieu laisser
A la terre que a receuë notre France
Quand elle vint ici faire sa demeurance?
Ile, je te saluë, ile de Saincte Croix,
Ile premier sejour de noz pauvres François,
Qui souffrirent chez toy des choses vrayment dures,
Mais noz vices souvent nous causent ces injures.
Je revere pourtant ta freche antiquité
Les Cedres odorans qui sont à ton côté,
Tes Loges, tes Maisons, ton Magazin superbe,
Tes jardins étouffez parmi la nouvelle herbe:
Mais j'honore sur tout à-cause de noz morts
Le lieu qui sainctement tient en depost leurs corps,
Lequel je n'ay pu voir sans un effort de larmes,
Tant mon navré le coeur ces violentes armes.
Soyez doncques en paix, & puissiez vous un jour,
Vous trouver glorieux au celeste sejour.
Mais cependant, DE MONTS, tu emportes la gloire
D'avoir sur mille morts obtenu la victoire,
Témoignage certain de ta grande vertu,
Soit quand tu as des flots la fureur combattu
En venant visiter cette étrange province
Pour suivre le vouloir de HENRY nôtre Prince
Soit lors que tu voiois mourir devant tes yeux
Ceux-là qui t'ont suivi en ces funestes lieux.

Je vous laisse bien loin, pepinieres de Mines
Que les rochers massifs logent dedans leurs veines,
Mines d'airain, de fer, & d'acier, & d'argent,

Et de charbon pierreux, pour saluer la gent
Qui cultive à la main la terre Armouchiquoise.
Je te saluë donc nation porte-noise
(Car tu as envers nous forfait par trahison)
Pour te dire qu'un jour nous aurons la raison
Avecque plus d'effect de ton outrecuidance,
Si qu'entre nous sera maudite ta semence.
Mais ta terre je veux saluer en tout bien,
Car un ample rapport elle nous fera bien
Quand elle sentira du François la culture.
Car en elle desja la provide Nature
A le raisin semé si plantureusement,
Et en telle beauté, que Bacchus mémement
Ne sçauroit invoqué lui faire davantage.
Mais son peuple ignorant ne sçait du fruit l'usage.
Terre, tu as encor de féves & de blés
Tes greniers souz-terrains en la moisson comblés.
Mais quoy que tes biens tu donnes abondance
Produisant d'autres fruits sans l'humaine assistance
Tes qu'avons veu la Chanve & la Courge & la Noix,
Tes féves tu ne veux ni tes blez toutefois
Produire sans travail, mais ta grand' populace
D'un bois coupant ta brise, & en mottes t'amasse
Pour (sur le renouveau) sa semence y planter,

Mais une chose encor il me faut reciter
Qui pour sa rareté à l'écrire m'oblige,
C'est le fruit que produit la Chanve la tige,
Fruit digne que les Rois le tiennent precieux
Pour le repos du corps le plus delicieux:
C'est une soye blanche & menuë & subtile
Que la Nature pousse au creux d'une coquille,
Soye qu'en maint usage employer on pourra,
Et laquelle en cotton l'ouvrier façonnera,
Quand de bons artisans tu seras habitée
Par une volonté de pié-ferme arretée.

Puisse-je voir bien-tot cette chose arriver,
Et le François soigneux à tes champs cultiver,
Arriere des soucis d'une peineuse vie,
Loin des bruits du commun, & de la piperie.

Cherchant dessus Neptune un repos sans repos
J'ay façonné ces vers au branle de ses flots.

M. LESCARBOT.

A MONSIEUR DE MONTS
Lieutenant general pour le Roy en la
Nouvelle-France.

ODE.

OUT ce que l'homme possede,
Ce qu'il a de riche & beau
Ne trouve point de remede
Pour eviter le tombeau.

La vertu seule immortelle
Constante & ferme en tout temps
Resiste à la mort cruelle
Et à la lime des ans.

Tant de Rois & tant de Princes,
Des Heros & des Cesars
Qui ont acquis des provinces
Et thresors en maintes parts

En fin sont proye à la terre,
Et la Vertu seulement
Fait leur nom voler grand erre
Par-dessus le Firmament.

DU MONTS tu sçais que la vie
Nous est donnée des cieux
Non pour estre ensevelie
En un corps peu soucieux,

Mais pour estre secourable
A celui qui a besoin
Que quelque Dieu favorable
De son mal-heur prenne soin.

Et chercher la vraye gloire
Par un chemin non tenté,
Faisant que nôtre memoire
Vive à l'immortalité.

C'est le desir qui t'enflamme,
Et qui possede ton coeur,
Quand pour eviter le blame
Qui suit l'homme sans honneur,

Tu entreprens un ouvrage
Tout auguste & glorieux
Si qu'à jamais chacun âge
Aura ton nom precieux,

Car si-tot que de ton Prince
As eu le commandement
Pour conoitre la province
Mise ne ton gouvernement,

Ainsi qu'un Aigle qui vole
D'un trait leger, tout soudain
Prompt à suivre sa parole
Tu as pris un vol hautain.

Et du tempêteux Nerée
Meprisant tous les efforts,
De ta terre desirée
Tu as en fin veu les ports.

Les nations qui n'ont oncques
Admis la sujetion
A tes mandemens adoncques
Ont fait leur submission.

Sage, tu leur a fait voir
Les beautez de la justice,
Et ton redouté pouvoir,
Et les biens de la police.

Mémes tu as fait encore,
Que maint barbare en ces lieux
En son ame Christ adore,
De son salut soucieux.

Arriere d'ici, arriere
Timides & cazaniers,
Que dedans vôtre barriere
Toujours estes prisonniers.

Vous qui n'avez soin, ni cure
De faire que vôtre nom,
Contre la mort méme dure
En perdurable renom.

DU MONTS, tu n'es pas de mémes,
Car lors qu'en France de Mars
Ont cessé les stratagemes,
Recherchant d'autres hazars,

Tu as consacré ta vie
A l'Eternel pour sa loy
Rendre en ces terres suivie
Souz le vouloir de ton Roy.

Mais ce n'est fait qui commence,
Il faut chanter desormais
De Dieu la magnificence
D'un ton plus haut que jamais.

Neptune te favorise
Et Ceres pareillement,
Afin que ton entreprise
Ait un meilleur fondement.

Diray-je que sans culture

Le Pere de Liberté
Laisse produire à Nature
La vigne qu'il a planté?

Non ici, je le confesse,
Mais en lieu d'un autre espoir,
Où l'homme à la longue tresse
Ha son sablonneux terroir.

C'est la terre Armouchiquoise,
Qui son gros blé te produit;
Et encore l'Iroquoise,
Qui donne maint autre fruit.

Nôtre France fromenteuse
N'a ses vignes de tout temps,
La peine laborieuse
L'a fait telle avec les ans.

Courage, doncques, courage,
Continue ton dessein,
Ayant ce bel avantage,
Qui de bon espoir est plein.

Le Tout-puissant méme change
Ici les froides saisons,
Et à cette terre étrange
Promet des riches moissons.

## A MONSIEUR DE POUTRINCOURT GRAND

### Sagamos de la Nouvelle-France

ODE.

UOY que tu n'ailles cherchant
(POUTRINCOURT) cette louange
Qui va méme allechant
Ceux qui gisent en la fange;

Ton merite toutefois,
Ta pieté, ton courage,
Forcent ma lyre & ma voix
A les chanter sur l'herbage

Que l'Equille de ses eaux
Ou plustot Neptune arrose,
Tandis qu'au bruit des ruisseaux,
A l'écart je me repose.

Apres avoir longuement
Comme un athlete Gregeois
Lutté courageusement
Parmi les champs des François,

Saoul d'alarmes & combats,
Et des assaux de Bellone,
Ores tu prens tes ébats
Avec Cerés et Pomone.

Et deça delà portés,
Suivans Neptune à la danse,
Tu nous fais voir les beautés
De cette Nouvelle-France.

Qui est celui qui ta veu
Oncques saisi de paresse?
Qui est cil qui t'a conu
Semblable à cette Noblesse,

Qui met le point de l'honneur
A commander sans prudence,
Et n'avoir par son labeur
D'aucun art l'experience?

Mais l'un & l'autre tu sçais,
Et ta main infatigable
Fait tous les jours des essais
De chose à nous incroyable.

Car de tout art manuel
T'est conuë la pratique,
Et se plait ton naturel
Es ars de Mathematique.

Mémes encore ce Dieu
Qui fredonnant sur sa lyre
Tient des Muses le milieu,
Par toy bien souvent respire.

Les secrets de son sçavoir,
Si que tout compris ensemble,
Au monde on ne sçauroit voir
Rien que toy qui te ressemble.

C'est toy qu'il falloit ici
Afin de bine reconoitre
Ce que cette terre ici
Rendroit un jour à son maitre.

Tu l'as experimenté
Tant que ton ame est contente,
Et de sa fidelité
Tu as une riche attente.

## A MESSIEURS DE MONTS
## ET SES LIEUTENANT
## & Associez.

SONNET

I les siecles premiers ont celebré la gloire
De celuy qui conquit la Colchide toison:
Si maintenant encor du brave fils d'Æson
Pour peu de chose vit en honneur la memoire:

Nous devons beaucoup mieux celebrer en l'histoire
La generosité non du fils de Jason,
Mais de vous, ô François, qui en cette saison
D'un plus digne sujet recherchez la victoire.

Le Grec acquit ça bas un terrestre thresor,
Il avoit des moyens, & des hommes encor,
Tels que les peut avoir entre nous un grand Prince.

Mais vous à vos dépens, sans recevoir support
Que de l'avoeu du Roy, par un nouvel effort
Ravissez courageux, la celeste province.

## AU SIEUR DE CHAMPLEIN
## Géographe du Roy.

SONNET.

N Roy Numidien poussé d'un beau desir
Fit jadis rechercher la source de ce fleuve
Qui le peuple d'Egypte & de Libye abreuve,
Prenant en son pourtrait son unique plaisir

CHAMPLEIN, ja dés long temps je voy que ton loisir
S'employe obstinément & sans aucune treuve
A rechercher les flots, que de la Terre-neuve
Viennent, apres maints sauts, les rivages saisir.

Que si tu viens à chef de ta belle entreprise,
On ne peut estimer combien de gloire un jour
Acquerras à ton nom que desja chacun prise.

Car d'un fleuve infini tu cherches l'origine.
Afin qu'à l'avenir y faisant ton sejour
Tu nous faces par là parvenir à la chine.

ODE EN LA MEMOIRE
du Capitaine Gourgues
Bourdelois.

Voy l'Histoire de la Nouvelle-France Liv. 1, ch. XIX & XX.

OURGUES, l'honneur Bourdelois,
Je veux reveiller ta gloire,
Et faire eclater ma voix
Dans le temple de Memoire,

En racontant ta valeur
Ta conduite & ta prouësse,
Quand, d'un invincible coeur,

Tu mis la main vengeresse

Sur le soldat bazané
Du sang des François avide,
Qui nous avoit butiné
Les beautez de la Floride.

Si-tot que de noz François
Tu entendis la ruine,
Et que le peuple Iberois
Occupoit la Caroline,

Tu prins resolution
De venger le grand outrage
Fait à nôtre nation
Par une Hespagnole rage.

A tes despens tu mis sis
De bons hommes une bende
Au combat bien resolus,
Puis que c'est toy qui commande.

Tu ne leur dis à l'abord
Le secret de ton affaire,
Come Capitaine accort,
Qui sçais bien ce qu'il faut taire.

Mais quant tu te vis porté
Dessus la terre nouvelle,
Tu leur dis ta volonté
De venger une querelle,

Querelle qui les François
Et grans & petits regarde,
Et partant qu'à cette fois
Ne faut, d'une ame coüarde

Reculer quand la saison
De bien faire se presente,
Afin d'avoir la raison
De l'injure violente

Faite aux premiers conquesteurs
D'une terre si lointaine
Par des assassinateurs
De race Mahumetaine.

A ces mots encouragés
Ils se mettent en bataille,
Et vont en ordre rangés
Droit contre cette canaille.

L'un & l'autre petit Fort
Ils attaquent de courage,
Et par un puissant effort
Ilz les mettent au pillage.

Mais il n'estoit pas aisé
D'attaquer la Caroline,
Si GOURGUES n'eust avisé
Prudemment à sa ruine.

Car l'adversaire estoit fort
D'hommes, d'armes & de place,
Mais nonobstant prés du Fort
En fin sa troupe s'amasse.

L'Hespagnol estant sorti
Pour lui faire une saillie
Rencontre un mauvais parti
Qui a sa gent acuillie,

CAZENOVE donne à des
GOURGUES les rencontre en face,
Qui les font (en peu de mots)
Tous demeurer sur la place.

Le reste tout étonné
La Forteresse abandonne,
Mais las! il est mal mené
N'ayant secours de personne.

Car le Sauvage irrité
Ne lui fait misericorde,
Lequel de sa cruauté
Trop frechement se recorde.

Mais ceux qui tombent és mains
Des François, on les attelle
Aux arbres les plus hautains
Pour y faire sentinelle.

## A LA MEMOIRE D'UN
## Sauvage Floridien que se proposoit
## mourir pour les François.

Voy l'Histoire de la Nouvelle
France liv. 1. chap. 20.

U trouverons-nous un courage
Semblable à cil de ce Sauvage,
Qui pour ses amis secourir
Vient lui-méme sa vie offrir,
Laquelle il croit devoir épandre
Pour nôtre querele defendre?
Certainement un homme tel
Doit parmi nous estre immortel.
Et devons louer tout de méme
Le souci qu'il a de sa femme
Requerant qu'on lui face don
Apres son trépas du guerdon
Que meriteroit sa vaillance
Mourant pour l'honneur de la France.

## A PIERRE ANGIBAUT dit CHAMP-DORÉ Capitaine de Marine en la Nouvelle-France.

SONNET.

I des pilotes vieux le renom dure encore
Pour avoir sceu voguer sur une étroite mer,
Si le monde à present daigne encore estimer
Ariomene, avec Palinure & Pelore;

C'est raison (CHAMP-DORÉ) que nôtre âge t'honore,
Qui sçais par ta vertu te faire renommer,
Quand ta dexterité empeche d'abimer
La nef qui va souz toy du Ponant à l'Aurore.

Ceux-là du grand Neptune oncques la majesté
Ne vivent, ni le fond de son puissant Empire:
Mais dessus l'Ocean journellement porté

Tu fais voir aux François des païs tout nouveaux,
Afin que là un jour maint peuple se retire
Faisant les flots gemir souz les ailez vaisseaux.

Fait au Port Royal en la Nouvelle-France.

## LA DEFFAITE DES SAUVAGES ARMOUCHIQUOIS PAR LE SAGAMOS MEMBERTOU

& ses alliez Sauvages, en la
Nouvelle-France, au mois de Juillet
1607.

Où peuvent reconoitre les ruses de guerre desdits Sauvages, leurs actes funebres, les noms de plusieurs d'entre-eux & la maniere de guerir les blessez.

E ne chante l'orgueil du beant Briarée,
Ni du fier Rodomont la fureur enivrée
Du sang dont il a teint préque tout l'Univers
Ni comme il a forcé les pivots des enfers.
Je chante Membertou, & l'heureuse victoire
Qui lui acquit naguere une immortelle gloire
Quand il joncha de morts les champs Armouchiquois
Pour la cause venger du peuple Souriquois.

Entre ces peuples-ci une antique discorde
Fait que bien rarement l'un à l'autre s'accorde,
Et si par fois enter eux se traite quelque paix,
Cette pais se peut dire un attrappe-niais.

Car oncques le Renard ne changea sa nature
Et de garder la foy l'homme double n'eut cure,
Ceci n'a pas long temps se conut par effect
Aux depens de celui qui me donne sujet
De dire qui a meu Membertou & sa suite
De faire pour sa mort si sanglante poursuite.
Ce fut Panoniac (car tel estoit son nom)
Sauvage entre les siens jadis de grand renom.
Cetui cuidant avoir faite bonne alliance
Avecques ces mechans, alloit sans deffiance
Parmi eux conversant: mémes il les aidoit
Bien souvent du plus beau des biens qu'il possedoit.
Mais pour cela la gent à mal faire addonée,
Sa mauvaise façon n'a point abandonnée.
Car ce Panoniac il n'y a pas dix mois
Les estant allé voir (pour la derniere fois)

Portant en ses vaisseaux marchandises diverses
Pour en accommoder ces nations perverses,
Eux qui sont de tout temps avides de butin,
Sans aucune merci assomment leur voisin,
Pillent ce qu'il avoit & en font le partage.
Les compagnons du mort se sauvans à la nage
Se cachent pour un temps à l'ombre d'un rocher,
N'osans de ces matins à la chaude approcher.
Ça pour dire vray, la meurtriere cohorte
Estoit contre ceux-ci & trop grande & trop forte.
Mais comme de Phoebus les chevaus harassez
Se furent retirez souz les eaux tout lassez
Ces enragés en fin abandonnant la place
Laisserent là le corps tué à coups de masse,
Lequel à la faveur de la sombreuse nuit
Soudain par ses amis fut enlevé sans bruit,
Et mis, non, comme nous, en depost à la terre,
N'en un coffre de bois, ni au creux d'une pierre,
Ains il fut embaumé à la forme des Rois
que l'Ægypte pieuse embaumoit autrefois.

Le peuple Etechemin de cette mort cruelle,
Receut tout le premier la mauvaise nouvelle,
D'où s'ensuivit un dueil si rempli de douleurs
Que le haut Firmament en ouït les clameurs
(Car lors que cette gent la mort des siens lamente
Le voisinage ensemble à grans cris se tourmente)
Mais ce ne fut ici le braymment principal,
Car quand ce pauvre corps fut dans le Port Royal
Aux siens representé, Dieu sçait combien de plaintes,
De cris, de hurlemens, de funebres complaintes.
Le ciel en gemissoit, & les prochains côtaux
Sembloient par leurs echoz endurer tous ces maux:
Les épesses forêts, & la riviere méme
Tèmoignoient en avoir une douleur extreme.
Huit jours tant seulement se passerent ainsi
Pour respect du François qui se rit de ceci.

Les services rendus à l'ombre vagabonde
(Qui du lac Stygieux a desja passé l'onde)
Et au corps là present, le Prince Souriquois

Commence à s'écrier d'une effroyable voix:

Quoy doncques, Membertou (dit-il en son langage)
Lairra-il impuni un si vilain outrage?
De l'excés fait aux siens & méme à sa maison?
Verray-je point jamais éteinte cette race
Qui des miens & de moy la ruine pourchasse?
Non, non, il ne faut point cette injure souffrir.
Enfans, c'est à ce coup qu'il nous convient mourir,
Ou bien par nôtre bras envoyer dix mille ames
De cette gent maudite aux eternelles flammes.
Nous avons prés de nous des François le support
A qui ces chiens ici ont fait un méme tort.
Cela est resolu, il que la campagne
Au sang de ces meurtriers dans peu de temps se baigne.
Auctaudin mon cher fils, & ton frere puisné
Qui n'avez vôtre pere oncques abandonné,
Il faut ores s'armer de force & de courage,
Sus, allez vitement l'un suivant le rivage,
D'ici au Cap-Breton, l'autre à travers les bois
Vers les Canadiens, & les Gaspeïquois,
Et les Etechemins annoncer cette injure,
Et dire à nos amis que tous je les conjure
D'en porter dedans l'ame un vif ressentiment,
Et pour l'effect de ce qu'ilz s'arment promptement
Et me viennent trouver prés de cette riviere,
Où ilz sçavent que j'ay plantée ma banniere.

Membertou n'eut plustot à ses gens commandé,
Que chacun prent sa route où il estoit mandé,
Et fit en peu de temps si bonne diligence,
Qu'il sembla devancer un postillon de France,
Si bien qu'au renouveau voici de toutes parts
Venir à Membertou jeunes & vieux soudars
Tous à ceci poussez d'esperances non vaines
Souz l'asseuré guidon des braves Capitaines
Chkoudun, & Oagimont, Memembouré, Kichkou,
Messamoet, Ouzabat, & Anadabijou,
Medagoet, Oagimech, & avec eux encore
Celui qui plus que tous l'Armouchiquois abhorre,
C'est Panoniagués, qui a occasion

De procurer mal-heur à cette nation
Pour le dur souvenir de la mort de son frere.
Quand tout fur arrivé, de cette mort amere
Il fallut de nouveau recommencer le dueil,
Et le corps decedé mettre dans le cercueil.
Le barbu Membertou lors prenant la parole:
Vous sçavez, ce dit-il, ô peuple benevole,
Le motif qui vous a conduit jusques ici,
C'est ce corps que voyés massacré sans merci,
De qui le sang versé vous demande vengeance.
Sans que par long discours je vous en face instance.
Et comme és siecles vieux quant au peuple Romain
Fut montré de Cæsar le massacre inhumain,
Tout à l'instant émeu d'une ardente colere
Il voulut reparer ce cruel vitupere
Contre les assassins (ainsi que j'ai appris
Qu'il est mentionné és anciens écrits)
Ainsi vous devez tous à ce spectacle étrange
Estre émeus du desir de garder la loüange.
Que nos antecesseurs nous ont mis en depos,
Et par laquelle ilz sont maintenant en repos,
N'ayans point estimé estre dignes de vivre.
Sans de leurs ennemis les injures poursuivre.

A ces mots un chacun au combat animé
Sent un feu de vengeance en son coeur allumé,
Et eussent volontiers contre cette canaille,
(S'il y est eu moyen) lors donné la bataille,
Mais il falloit premier le corps ensevelir,
Et du dernier devoir les oeuvres accomplir.
Cette grand' troupe donc de douleur affollés
A conduit le corps mort dedans son Mausolée,
En faisant sacrifice à Vulcan de ses biens
Masse, arcs, fleches, carquois, petun, couteaux & chiens,
Matachiaz aussi, & la pelleterie
Que d'epargne il avoit quant il perdit la vie.
Mais quant aux assistans, chacun à son pouvoir
Lui fit, devotieux l'accoutumé devoir.
Qui donne des castors, qui des couteaux, des roses,
Armes, Matachiaz, & maintes autres choses.
Puis ferment le sepulchre, & laissent reposer

Celui duquel ilz vont la querelle épouser.
Le ciel qui bien-souvent les mal-heurs nous presage,
Avoit auparavant par un triste presage
Témoigné les effects de cette guerre ici,
Car ayant un long temps refrongné son sourci,
Il fit voir maintefois des torches allumées,
Des lances, des dragons, des flambantes armées.

Ainsi s'en va la flotte avec intention
De veincre, ou de mourir à cette occasion,
Laissans de leurs enfans & femmes la tutele
A nous, qui en avons rendu conte fidele.
Quand des Armouchiquois les rives ils ont veu
Ce peuple deffiant les a tot reconu.
Soudain les messagers volent par la campagne,
Et sonnent du cornet sur chacune montagne
Pour le monde avertir d'estre au guet, & veiller
Avant que l'ennemi les vienne reveiller.
Peuples de tous côtez à grand' troupes s'amassent
Tant qu'en nombre les flots de la mer ilz surpassent.
Mais pourtant Membertou ne s'epouvante point
Car il sçait le moyen de prendre bien à point
L'ennemi, qui tout fier, voyant son petit nombre,
Se promet l'enlever si-tot que la nuit sombre
Aura dessus la terre étendu son rideau.

Membertou cependant approche son vaisseau
Du port de Cahoücoet, où la troupe adversaire
Vers eux le conduisoit: mais il avoit laissé
Ses gens derriere un roc, & s'estoit avancé,
Afin de reconoitre & le port & la terre
Qu'il vouloit ruiner par le'effort de la guerre.
He, He, ce fut le cri duquel il appella
Tout ce peuple attentif que ferme attendoit là
Yo, yo, fut répondu. Puis apres il demande
S'il pourroit seurement & sa petite bende
Traiter avecques eux, & amiablement
Vuider le different qui a si longuement
L'un et l'autre troublé & reduit en ruine
Tandis que l'appetit de vengeance les mine
Et leur mange le coeur. Eux cuidans attrapper

Celui qui plus fin qu'eux les venoit entrapper,
Disent que librement de la rive il s'approche,
Et ses gens qu'il avoit laissé devers la roche,
Qu'ilz n'ont plus grand desir que de voir une paix
Solidement entre eux établie à jamais,
Afin qu'eux qui des Francs ont bonne conoissante
Leur facent part des biens dont ils ont abondance,
Et se puissent ainsi l'un l'autre secourir
Sans plus d'orenavant l'un sur l'autre courir
Membertou reçoit l'offre, & quant & quant otage,
Envoyant un des siens par échange au rivage,
Puis recule en arriere, & vas ses gens revoir,
Qu'il trouve grandement desireux de sçavoir
En quelle volonté ces peuples ci estoient,
Et si à quelque paix encliner ilz sembloient.
Le Prince Souriquois ses suppots abordant
D'un visage joyeux il les va regardant,
Disant, Ilz sont à nous: la farce s'en va faite,
C'est demain qu'il faut voir cette troupe defaite:
Et leur conte amplement ce qui s'estoit passé,
Et comment ilz s'estoient l'un l'autre caressé.
Au surplus (ce dit-il) pensons de les surprendre,
Et en ce fait ici gardons de nous meprendre.
Quand nous sommes partis le conseil a esté
De leur faire present des biens qu'avons porté,
Et avec eux troquer de notre marchandise
A fin que l'homme feint soit prise en sa feintise.
Nous irons donc par mer la moitié seulement:
Le surplus en deux parts ira secretement
Rengeant le long du bois en bonne sentinelle
Tant que, le temps venu, ma trompe les appelle:
Lors ils viendront charger, & nous seconderont,
Et tant que durera le jour ilz frapperont,
Sans merci, sans faveur, & sans misericorde,
Afin qu'ici de nous long temps on se recorde.
Outre nôtre querele il y a du butin,
Ils ont du blé, des noix, de la vigne & du lin,
Toux ces biens sont à nous si nous avions courage,
Et si voulons avoir leurs femmes au pillage
Nous les aurons aussi. Il estoit nuit encor
Et le clair ciel estoit tout brillant de clous d'or,

Quand Membertou (de qui l'esprit point ne repose)
A prendre son quartier tout son peuple dispose,
Et ceux-là qu'il conoit à la course legers
Il les fait essayer les terrestre dangers.
Ainsi Memembouré dispos à la poursuite
Est fait le general d'une troupe d'elite,
Medagoet d'autre part hardi aux grans exploits
Choisit de tout le camp les plus forts & adroits.
Mais le grand Sagamos pour tendre sa banniere
Attendit que l'Aurore eust épars sa lumiere
En tout son horizon: & lors que le Soleil
Eut esté reconduit au lieu de son reveil
Il met la voile au vent, tirant droit à la place
Où desja l'attendoit cette grand' populace,
Où estant arrivé, partie de ses gens
A descendre apres lui se monstrent diligens.
Il saluë les chefs de cette compagnie,
Entre autres Olmechin, Marchin, & leur mesgnie.
Puis offre les presens dont j'ay fait mention,
C'estoient robbes, chappeaux, & chausses, & chemises.
Mais quand il fallut voir les autres marchandises,
Parmi les fers pointus, poignars, & coutelas,
Des trompes y avoit, dont on ne sçavoit pas
L'usage, ni la fin du mal qu'elles couvoient.
Les autres cependant dans le bois attendoient
Soigneusement l'appel qui avoit esté dit,
Quand Membertou voulant etaller son credit,
Il convoque ce peuple embouchant une trompe,
Et trompant, les trompeurs trompeusement il trompe.
Car tout en un instant lui qui n'avoit point d'armes
Oyant les siens venir feignit estre aux alarmes,
Et se trouvant garni de masses, & poignars,
D'arcs, fleches, coutelas, de picques & de dars,
Il en saisit ses gens, & chacun d'eux commence
Sur l'heure à chamailler sans grande resistence.
Ils en font grand massacre, & cependant du bois
Arrive le surplus criant à haute voix,
He, He, oukchegouïa, & parmi la melée
Se voit incontinent cette troupe melée.
L'Armouchiquois voyant que de lui c'estoit fait
S'il ne remedioit promptement à son fait,

A ce dernier besoin pense de se defendre
Plustot qu'à la merci de ceux icy se rendre.
Ils estoient la pluspart je de couteaux armez
Que de porter au col ilz sont accoutumez,
Mais ces armes bien peu lur servirent à l'heure.
Car Membertou muni d'une armure plus seure,
D'un bouclier de bois dur, & d'un bon coutelas,
Ains que le trenchant d'une faux met à bas
L'honneur des beaux épics: son epée de méme
Moissonoit l'ennemi d'une rigueur extreme.
Suivans le train du chef, ne manquent point de coeur,
Mais rendans des grans cris & voix épouvantables,
Tuent comme fourmis ces pauvres miserables,
Desquels lors c'estoit fait s'ilz n'eussent eu recours
Au bien qui vient parfois de tourner à rebours.
Ce peuple de tout temps amateur de pillage
Cuidoit sur Membertou avoir tel avantage,
Que d'armes pour cette heure il ne leur fut besoin,
Neantmoins en tous cas ilz avoient eu le soin
D'en faire un magazin au fond d'une vallée,
Où la troupe fuiarde en fin s'en est allée.
Là chacun se fournit d'arcs, fleches, & carquois,
De picques, de boucliers, & de masses de bois.
Là de tourner visage, & d'une face irée
Charger sur Membertou & sa gente enivrée
Su sang Armouchiquois. A ce nouvel effort
Fut Panoniagués au danger de la mort
Blessé d'un javelot environ la poitrine.
Chkoudun le courageux, y receut sur l'echine
Un coup qui l'atterra, & se vit en danger
(L'ennemi gaignant pié) de jamais n'en bouger.
Mais le fort Chkoudumech' son frere, de sa masse
Fendant la presse, fit bien-tot se faire place
Pour le tirer de là: mais il y fut feru
D'un coup que lui chargea de toute sa vertu
Le cruel Olmechin. Mnefinou (dont la gloire
Par toute cette cotte est en tous lieux notoire)
Comme le plus hardi, s'efforce de son dard
Transpercer Membertou de l'une à l'autre part:
Mais le coup gauchissant par la subtile addresse,
Du Prince Souriquois, à son fils il s'addresse,

Son fils Actaudinech', lequel il aime mieux
Que toutes les beautez de la terre & des cieux
Ce coup donques perçant le détroit de sa manche
Vite comme un éclair luy porta dans la hanche:
Dequoy effrayé le Prince Membertou,
Il se remet aux ieux du monstrueux Gougou
Le duel ancien qu'en sa jeunesse tendre
Jadis son pere osa hazardeux entreprendre,
Et redoublant sa force il étendit son bras,
Et le fendit en deux de son fier coutelas.
Et comme un chene haut abbatu par l'orage
Traine en bas quant & soy son plus beau voisinage,
Ainsi Mnefinou mort, maint des siens alentour
Alla voir de Pluton le tenebreux sejour.
L'Armouchiquois pourtant ne laisse de poursuivre,
Aimant mieux là mourir que honteusement vivre
S'il arrivait jamais que Membertou veinqueur
Leur laissat du combat l'eternel des-honneur.
Ainsi se r'assemblans font des stares diverses
Et à leur ennemi donnent maintes traverses.
Car jusques là n'avoient encor esté rangés,
Occasion que mal ilz s'estoient revengés.
Bessabés & Marchin ont les pointes premieres,
Que venans attaquer avec leurs bendes fieres
Le chef des Souriquois, une grele de dars
En l'un & en l'autre ôt tombe de toutes parts.
La clarté du soleil en demeure obscurcie,
Et le nombre des traits toujours se multiplie.
A cette charge ici quelques uns sont blessés
Parmi les Souriquois: mais plus de terrassés
Sont de l'autre côté: car de ceux-ci les fleches
A pointe d'os, ne font de si mortelles breches
Comme de ceux qui sont plus voisins des François
Qui des pointes d'acier ont au bout de leurs bois,
Toutefois de nouveau voici nouvelle force
Qui des Membertouquois les bras, non les coeurs, force.
Go, go, go, c'est leur cri, Abejou, Olmechin,
Le fort Argostembroet, & le fier Bertachin
En sont les conducteurs, qui de premiere entrée
Du vaillant Messamoet la troupe ont rencontrée,
Messamoet (qui jadis humant l'air de la France

Avoit de guerroyer reconu la science
Parmi les domestics du Seigneur de Grand-mont)
Apres mainte bricole avoit gaigné le mont
D'où il pensoit avoir un facile avantage
Pour mettre sans danger l'adversaire en dommage.
Mais cetui-ci rusé loin de là declina,
Et le gros escadron des Souriquois mena
Poursuivant vivement jusques dessus l'orée
Où deux fois chaque jour se hausse la marée,
Là Neguioadetch' mere du decedé
Apres avoir long temps le combat regardé,
Voyant en desarroy de Membertou la troupe
Elle se met à terre, & sort de sa chaloupe,
Afin de donner coeur aux soldats étonnés
Qui leur premiere assiette avoient abandonnés.
Et comme des Persans les meres & les femmes
Jadis voyans leurs fils & leurs maris infames
S'enfuir du Medois qui les alloit suivant,
Courageuses soudain allerent au-devant,
Sans honte leur montrer de leur corps la partie
Par où l'homme reçoit l'entrée de la vie,
Les unes s'écrians: Quoy doncques voulez vous
Vous sauver ci-dedans pour eviter les coups
Ce cil qui vous poursuit? Les autres d'autre sorte
Crians à leurs enfans: R'entrez dedans la porte
Du logis dans lequel vous avés esté nés,
Ou contre l'ennemi promptement retournés.
Eux d'un spectacle tel se trouvans pleins de honte,
Un sang tout vergongneux à l'heure au front leur monte.
Si bien que retournans leurs faces en arriere
A l'Empire Medois mirent la fin derniere.
Ainsi fit cette mere en voyant le danger
Ou alloit Membertou & les siens se plonger.
Neguiroët son mari ores paralytique,
Mais qui de bien combattre entendoit la pratique,
S'y estoit fait porter: & bien reconoissant
Le desastre prochain qui les alloit pressant
S'il ne leur arrivoit quelque nouvelle force,
Se fait descendre à terre, & lui-méme s'efforce
De marcher au combat, afin de là mourir
S'il ne pouvoit au mons ses amis secourir.

Estant au milieu d'eux il leur donne courage
Et les conjures tous de venger son outrage.
Mes amis (ce dit-il) vous ne combattez point
Pour le fait seulement, helas! qui trop me point.
Il y va de l'honneur, il y va de la vie:
Ces deux ici perdus, la perte en est suivie
Des soupirs & regrets des femmes & enfans
De qui nos ennemis s'en iront triomphans
Tout ainsi que de nous. Ayez doncques courage,
Je les voy ja branler: c'est ici bon presage.
A ces mots Membertou fait tirer les Mousquets
Qu'au partir les François lui avoient tenus prets.
Chkoudun en fait autant (car il a eu de méme
Deux Mousquets pour autant que les François il aime)
Lesquels estoient parez pour la necessité
Comme un dernier remede au corps debilité.
Aux coups de ces batons en voila dix par terre.
Et le reste effrayé au bruit de ce tonnerre.
Abejou, Chitagat, Olmechin, et Marchin
Quatre des plus mauvais de ce peuple mutin
A ce choc sont tombés. Chkoudun qui a memoire
Du coup qu'il a receu ne point que la gloire
En demeure au donneur, mais d'un trait donne-mort
Valeureux il attaque Argostembroet le fort,
Et presse le surplus d'une roideur si grande,
Qu'au seul bruit de son nom l'ennemi se debende.
Membertouchis aussi l'ainé de Membertou
A l'aile de son pere assisté de Kichkou,
Se faisant faire jour d'un coup trois en renverse,
Et ja deça, delà, tout est à la renverse.
A cinq cens pas plus loin se trouvans Ouzagat,
Et Anadabijou empechés au combat,
Ilz furent secourus par la troupe hardie
De Panoniagués, qui bien-tot fut suivie
D'Ougimech' & les siens: si bien qu'en peu de temps
L'ennemi fut fauché comme l'herbe des champs:
Car tout ce que restoit, quoy que puissant en nombre,
Ne porta gueres loin le malheureux encombre
Qui l'alloit tallonnant: d'autant que Oagimont
Avec Memembouré estant au pied du mont
Que nagueres j'ay dit, les fuyars attendirent,

Et valeureusement poursuivans les battirent.
Mais Oagimont s'estant eloigné de son parc,
Trop prompt, y fut blessé grievement d'un trait d'arc.
Memembouré (trop chaut) préque en la méme sorte
L'ennemi poursuivant y eut la jambe torte,
Ce qui plusieurs en fit de leur mains échapper,
Mais ne peurent pourtant leur ennemi tromper.
Car Etmeminaoet l'homme qui de six femme
Peut, galant appaiser les amoureuses flammes,
Et Metembrolebit, Medagoet, Chahocobech'
Bituani, Penin, Actembroé, Semcoudech',
Tous vaillans champions, soldats & Capitaines
Acheverent du tout ces races inhumaines.
Mais ce qui est ici digne d'étonnement,
C'est que des Souriquois n'est mort un seulement.

L'Armouchiquois éteint, cette armée defaite,
Membertou glorieux fait sonner la retraite,
On trouve de blessés encores Pechkmet,
Oupakour, Ababich', Pigagan, Chichkmeg,
Umanuet, & Kobech', dont les playes on pense,
Tandis que du butin d'autre côté l'on pense.
La cure en est sommaire. Entre eux est un devin
(Ignorant toutefois) qu'on appelle Aoutmoin.
Cetui prognostique de l'état du malade
Feint vers quelque demon pour lui faire ambassade,
Et selon sa reponse, en ceci comme en tout,
Il juge s'il sera bien-tot mort ou debout.
Avec ce de la playe il va suçant le sang,
Il la souffle, & soufflant il s'émeut tout le flanc:
Ceci fait, il applique au dessus de la playe
Du roignon de Castor: & par ainsi essaye
(Le bendage parfait) son malade guerir.

Le butin recuilli, avant que de partir
Des chefs Armouchiquois ils enlevent les tétes
Pour en faire au retour maintes joyeuses fétes.
Ja ilz sont à la voile, & approchent du port
Où ilz doivent donner à leurs femmes confort,
Lesquelles aussi tot que de leur arrivée
Elle ont eu nouvelle, aussi-tot la huée

Elles ont fait de loin, desireuses sçavoir
Quel avoit esté là de chacun le devoir.
Et en ordre marchans, qui en main une masse,
Qui un couteau trenchant (ayans toutes la face
De couleurs bigarée) elles s'attendoient bien
Toutes sur l'heure avoir un Armouchiquois sien,
Afin d'en faire tot cruelle boucherie,
Mais sans cela convint faire leur tabagie.
Et pares le repas la danse s'ensuivit,
Qui dura tout le jour, & qui dura la nuit,
Et toujours durera en s'écrians sans cesse,
Chantans de Membertou la valeur & proüesse
Tant que leur estomach la voix leur fournira,
Ou que quelque mal-heur reposer les fera.

## LA TABAGIE MARINE

OMPAGNONS, où est le temps
Qu'avions nôtre passe-temps
A descendre au plus habile
Sur le pié ferme d'une ile,
Fourrageans de toutes pars
Deça & delà épars
Parmi l'epés des feuillages
Et des orgueilleux herbages
L'honneur des jeunes oiseaux
Qu'enlevions, à grans troupeaux,
Le gros Tangueu, la Marmette,
Et la Mauve & la Roquette,
Ou l'Oye, ou le Cormorant,
Ou l'outarde au corps plus grand.
Ça (ce disoi-je à la troupe)
Emplissons nôtre chaloupe
De ces oiseaux tendrelets,
Ilz valent bien des poulets.
Dieu! quelle plaisante chasse.
Amasse, garson, amasse,
Portes-en chargé ton dos,
Tu es alaigre & dispos,

Et reviens tout à cette heure
Prendre pareille mesure,
Ne cessant jusques à ce
Que nous en ayons assé:
Car nous pourrions de cette ile
Fournir une bonne ville.

Je voudroy m'avoir couté
Un Karolus bien conté
Et estre en cet equipage
Acecque tout ce pillage
Au beau milieu de Paris
O que j'y auroy d'amis,
Qui pour avoir pance grasse
Me suivroient de place en place.

Qu'on ne parle maintenant
Que des iles du Ponant.
Car les iles Fortunées
Sont certes infortunées
Au pris de celles ici,
Qui nous fournissent ainsi
Pour neant ce que l'on achete
Au quartier de la Huchette,
Ou ailleurs bien cherement.
Je ne sçay certainement
Comme le monde est si béte
Que païs il rejette,
Veu la grand' felicité
Qui s'y voit de tout côté,
Soit qu'on suive cette chasse,
Soit que l'Ellan on pourchasse,
Ou qu'on vueille de poisson
Faire en eté la moisson.
Car quant est des paturages
Il n'y manque pont d'herbages
Pour nourrir vaches & veaux,
Ce ne sont rien que ruisseaux,
Lacs, fonteines, & rivieres
(De tous biens les pepinieres)
En ce païs forétier.

Il y a mines d'acier,
De fer, d'argent, & de cuivre,
Asseurez moyens de vivre,
Quand en train elles seront,
Et par le monde courront.

La terre y est plantureuse
Pour rendre la gent heureuse
Qui la voudra cultiver.
Il ne reste que trouver
Bon nombre de jeunes filles
A porter enfans habiles
Pour bien-tot nous rendre forts
En ces mers, rives, & ports,
Et passer melancholie
Chacun avecque s'amie
Pres les murmurantes eaux,
Qui gazouïllent par les vaux,
Ou à l'ombre des fueillages
Des endormans verd-bocages.

Par mon ame je voudroy
Que dés ore il pleût au Roy
Me bailler des bonnes rentes
En ma bourse bien venantes
Tous les ans dix mille escus,
Voire trente mille, & plus,
Pour employer à l'usage
D'un honéte mariage,
A la charge de venir
En ce païs me tenir,
Et y planter une race,
Digne de sa bonne grace,
Qui service luy feroit
Tant qu'au monde elle seroit,
Quittant du barreau la lice,
Et du monde la malice,
Et les injustes faveurs
Des hommes de qui le coeurs
S'enclinent à l'apparence
Pour opprimer l'innocence

De tels & autres propos
J'entretenoy mes dispos
Tandis que chacun sa proye
Diligent à bort envoye.
Devinez si au repas
Grand' chere ne faisions pas.
Car avec cette viande
D'elle-méme assez friande
Nous avions abondamment
De poisson pris frechement.

Quand ores en ma memoire
Se ramentoit cette histoire,
Je regrette ce temps là
Qui nous fournissoit cela.
Car dés long temps la pature
de salé nous est si dure,
Que nos estomachz forcés
En demeurent offensés.

Pourtant je ne veux pa dire
Que les maitres du navire
Messieurs les associés
Ne se soient point souciés
D'envoyer honétement
Nôtre rafraichissement.
Mais certaines gourmandailles
Ont mangé noz victuailles,
Noz poules & nos moutons,
Et grapillez nos citrons,
Nôtre sucre, noz grenades,
Nos epices & muscades,
Ris, & raisins & pruneaux,
Et autres fruits bons & beaux
Utiles en la marine
Pour conforter la poitrine.

Vous sçavés si je di vray,
Capitaine Papegay.
Si jamais je suis grand Prince

En cette tout autre province
Onqu' enfant ne regira
Ce que ma nef portera.
Main ne laissons je vous prie
de mener joyeuse vie,
Ça, garson, de ce bon vin
Du cru de Monsieur Macquin,
Et buvons à pleine gorge
Tant à luy qu'à Monsieur George.
Ce sont des hommes d'honneur
Et d'une agreable humeur,
Car ilz nous ont l'autre année
Fourni de bonne vinée,
Dont le parfum nompareil
A garenti du cercueil
Plusieurs qui fussent grand' erre
Allé dormir souz la terre.
Et ne trouve quant à moy
Drogue de meilleur aloy
En nôtre France-Nouvelle
Pour braver la mort cruelle,
Que vivre joyeusement
Avec le fruit du sarment.

Est-ce pas donc bon ménage
D'avoir un si bon bruvage
Jusques ores conservé?
Car ici n'avons trouvé
Que bien petite vendange,
Ce qui nous est bien étrange.
Car le cidre Maloin
Ne vaut pas du petit vin.
Mais ayons la patience
Que soyons rendus en France.
Approche de moy, garson,
Et m'apporte ce jambon,
Que j'en prenne une aiguillette,
Car ce lard point ne me haite.
J'aimeroy mieux voir noz plats
Garnis de bons cervelats,
De patés & de saucisses

Confits en bonnes epices,
Que cette venaison
Dont je n'ay nulle achoison,
Non plus que de ces moruës
Qui sont toutes vermoluës
Certes le maitre valet
Meriteroit un soufflet
De nous bailler tout du pire
Qui soit dedans ce navire.
Car nous devrions par honneur
En tout avoir du meilleur.
Otez nous tant de viandes,
Et apportez des amandes,
Pruneaux, figues & raisins,
Et buvons à nos voisins.

C'a toute la pleine tasse,
C'est à vôtre bonne grace,
Capitaine Chevalier.
Si dedans vôtre cellier
Avez quelque friandise,
Faites que de vous l'on dise
Que vous estes liberal,
Honéte, & d'un coeur Royal.

Maitre tenez vous en garde,
C'est à vous que je regarde
Ayant les armes en main.
Plegez moy le verre plein.
Cette derniere nuitée
Vous a un peu mal traitée.
Il y vint un coup de mer
Qui pensa nous abymer.
Mais vous fites diligence
De parer à la defense.

Dieu garde le bon JONAS
De tout violent trépas,
Car s'il tomboit en naufrage
Nous y aurions du dommage,
Et m'étonne infiniment

Que cet humide element
De ses eaux ne nous accable,
Veu que le nom venerable
De Dieu y est blasphemé
D'un langage accoutumé,
Sans crainte de ses menaces.

Neantmoins rendons lui graces,
Et avec contrition
Demandons remission
De noz fautes: & sans cesse
Soit loüée sa hautesse. Amen.

Cherchant dessus Neptune un repos sans repos
J'ay façonné ces vers au branle de ses flots.